Le Code de la propriété intellectuelle interdit les copies ou reproductions destinées à une utilisation collective. Toute représentation ou reproduction intégrale ou partielle faite par quelque procédé que ce soit, sans le consentement de l'Auteur ou de ses ayants droit ou ayants cause est illicite et constitue une contrefaçon sanctionnée par les articles L. 335-2 et suivants du Code de la propriété intellectuelle.

Droit de citation — Conformément à l'article L. 122-5 du Code de la propriété intellectuelle, les courtes citations sont autorisées, sous réserve que soient indiqués clairement le nom de l'auteur et la source. La citation doit être brève et intégrée au sein d'une œuvre construite pour illustrer un propos. La citation ne doit pas concurrencer l'ouvrage original, mais doit plutôt inciter le lecteur à se rapporter à celui-ci.

La ligne de faille
ou les quatre souffrances

Du même auteur :

Déflagration
BoD Éditeur

La ligne de faille
ou les quatre souffrances

Élisa **DUROCQ**

PROLOGUE

De nos jours en juin
Lundi
Sept heures

Plus Estelle s'acharne sur le contact, plus le moteur tousse et gémit. Elle s'énerve, s'accroche à la clé, et la serre au point de se l'enfoncer dans la paume. Mais rien à faire. Satanée voiture… Le moteur reste silencieux. Définitivement, semble-t-il.

La mâchoire crispée d'impuissance, elle descend et claque rageusement la portière ; et demeure quelques instants là, nauséeuse de frustration. Elle n'a plus qu'à prendre le RER, et c'est vraiment une perspective peu réjouissante. Elle a horreur des transports en commun, trop sales, trop poussiéreux, drainant une faune plus ou moins suspecte. La simple idée de se frotter à cette vie souterraine lui donne des frissons de dégoût. Elle n'a pas la moindre envie de se coltiner la foule lycéenne, la foule étudiante, la foule des bureaux… et toutes les autres foules qu'elle ne veut même pas envisager.

Un coup d'œil à sa montre : déjà sept heures vingt. Elle doit partir immédiatement. Un quart d'heure de marche jusqu'à la gare en se pressant. Puis le billet à acheter.

Bien entendu, une longue queue bloque le distributeur et plusieurs personnes attendent déjà au guichet. Sa mauvaise humeur la fait grincer des dents. Elle espère qu'ils ne vont pas raconter leur vie à l'employé, comme ces gens qui tiennent de longs discours à la Poste ou au pressing, alors que tout le monde se moque éperdument de ce qu'ils ont à dire. Qu'ont-ils besoin de bavasser ? Ouf ! Ceux-là sont aussi pressés qu'elle. N'empêche qu'il va falloir courir pour attraper le train. Pratiquement en tête de ligne, elle pourra au moins s'asseoir.

I - LA NAISSANCE

*« Attachons-nous à reconnaître le caractère
si précieux de chaque journée. »*
Le XIVᵉ dalaï-lama

Quand même, tant de monde si tôt le matin la surprend. Elle choisit une place qu'elle aurait bien voulue plus isolée des autres passagers. À l'extrémité de la voiture, deux jeunes aussi sales que dépenaillés se partagent une bière et laissent choir la canette vidée par terre ; elle roule bruyamment, jusqu'à ce qu'un pied la bloque et la rejette contre ce qui reste d'un journal ; près d'Estelle, juste de l'autre côté du couloir, une femme se maquille d'une main qui se voudrait experte, mais qui n'est que rapide et sans aucun savoir-faire ; un homme d'une cinquantaine d'années, le costume fripé et les cheveux épars luisants de graisse, s'abîme dans la contemplation de ses chaussures ; deux amies entretiennent une conversation animée ; quelques bébés chouinent ou crient leur mécontentement ; un punk, crâne rasé et tatoué, blouson clouté, chaînes, colliers de chien et multiples piercings, la fixe d'un œil torve, glauque, angoissant. Elle détourne le regard, dans l'espoir que l'autre fera de même.

Au premier arrêt, un Africain en costume prêt-à-porter s'installe en face d'elle et essuie soigneusement ses lunettes, avant d'entamer la lecture d'une revue d'économie ; une corpulente Antillaise aux vêtements abondamment colorés, étalée sur le siège étroit, la serre de près. Deux stations plus loin, des passagers restent debout ; certains, serrés les uns contre les autres, bloquent les portes ; un enfant dans une poussette pleure ; une jeune fille à la chevelure orange et en épis s'égosille au téléphone ; une musique agressive s'échappe des écouteurs d'un lycéen ; un homme visiblement énervé baisse une vitre, sans s'enquérir au préalable de l'avis des autres ; mais un peu d'air ne fera certainement pas de mal à l'atmosphère de cette voiture surchargée.

Les gares défilent. Elle ne leur accorde aucune attention, pas plus qu'aux voyageurs qui montent ou descendent. Elle tente d'ignorer le bruit ainsi que les odeurs aussi indéfinies que mélangées qui lui retournent l'estomac.

Inexorablement, le RER déjà bondé continue à se remplir. Il avance avec lenteur. Problème de régulation de trafic à ce qu'il paraît. Les roues crissent ; le train tressaute. Elle est coincée dans cette rame depuis une éternité ; non, une petite heure, lui indique un coup d'œil à sa montre. Cependant, le trajet est quasiment direct. Il lui faut traverser une bonne partie de la banlieue et la totalité de Paris, d'est en ouest. Mais elle n'a qu'un seul changement, qui peut se faire à n'importe quelle gare, entre Val-de-Fontenay et La Défense. Elle va s'extirper de cette voiture au prochain arrêt, ne serait-ce que pour souffler un peu : elle éprouve un besoin d'air urgent.

Elle n'aurait pas dû opter pour le RER. C'est beaucoup trop pénible. Après tout, elle avait d'autres solutions.

Oui, mais descendre à la prochaine gare n'est pas une bonne idée. Parce qu'il faudra bien tôt ou tard reprendre un train, qui à coup sûr sera tout aussi chargé que celui-ci. Descendre signifie aussi passer au milieu de tout ce monde suffisamment vite pour s'extraire sans trop de dégâts, en veillant à ne pas se faire agresser.

Cette promiscuité et tout ce bruit sont insupportables. Au moins, la foule la protège du punk et du malaise qu'il continue de diffuser en elle.

Pourtant, les transports en commun satisfont sans doute bon nombre de ses collègues puisqu'ils les prennent tous les jours. Question d'habitude sûrement.

Elle hésite.

Bon ! C'est décidé. Elle attendra sa correspondance à Châtelet, station suivante.

Un dernier et insupportable crissement. Le train stoppe. Elle se lève, se faufile en jouant des coudes jusqu'à la porte.

— Laissez-moi passer, laissez-moi passer…

Au risque de la faire tomber, une femme énorme la bouscule. Elle n'a que le temps de se retenir à une barre d'appui, avant qu'une main ne se cramponne à son poignet et tire sur son sac à main. Elle agrippe le sac et se rejette aussitôt en arrière. Cette voleuse plonge dans la foule massée sur le quai. Des protestations plus ou moins agressives s'élèvent, mais la femme n'en a que faire.

— Espèce de conne !

La femme s'effondre littéralement sur les usagers impatients de monter.

Et c'est l'affolement général.

– Appelez les secours ! Y a une femme qui se sent pas bien !

Les agents de la RATP, déjà sur place, appellent les pompiers. Puis tout va très vite. Si vite que, maintenue à l'écart par un périmètre de sécurité, Estelle reste rivée au sol, éberluée et incapable de réagir.

En raison d'un voyageur malade, le trafic sur la ligne A est interrompu entre Châtelet et La Défense.
Veuillez nous excuser pour la gêne occasionnée.

– Oh ! La barbe ! Manquait plus que ça…
– C'était à prévoir.
– Tout le monde va se jeter sur le métro. Autant attendre ici…
– Les pompiers vont l'emmener à l'hôpital, et le trafic va reprendre.
– Oui… mais quand ?

Tout comme elle, des passagers, que ce soit par curiosité ou voyeurisme, restent figés sur place.

– Elle a perdu les eaux !
– C'est trop tard, elle n'est plus transportable, annonce un pompier.
– Les médecins arrivent, répond un agent de sécurité.
– Elle ne va pas accoucher ici tout de même !
– J'en ai bien peur, si !

L'accès au quai de la ligne A en direction de Saint-Germain-Poissy-Cergy est fermé aux voyageurs. Merci de vous diriger vers les sorties ou d'emprunter les correspondances.

Des cris déchirants résonnent.

- La pauvre ! C'est épouvantable de souffrir comme ça.
- Mais ils ne peuvent rien faire pour la soulager ?
- C'est trop tard il paraît. Espérons que ce ne sera plus très long.
- Qui c'est ? demande quelqu'un avant de brandir son téléphone.
- Vous allez filmer ? Bonne idée. Moi aussi.

Une forêt de portables jaillit.

- Poussez-vous… Je capte pas…
- Ah ! C'est mieux ! Mais dommage qu'on puisse pas s'approcher.
- C'est quelqu'un de connu ?
- Je crois pas. Mais en tout cas c'est génial.

Génial ? Non, sûrement pas. Atterrée, Estelle ne comprend vraiment pas l'enthousiasme ambiant. Ses jambes de plomb refusent tout mouvement.

- Elle va s'en tirer. Ce n'est qu'un accouchement après tout.
- Qu'un accouchement ? Vous êtes bien un homme, vous alors !
- Maman, elle va mourir la dame ?

– Franchement, vous croyez que c'est un endroit pour un gosse ?
– C'est vrai, il n'a rien à faire ici.
– Mais moi je veux voir.

Le punk, d'une voix désagréablement doucereuse, susurre :

– C'est quand même bête, on voit pas grand-chose, autant dire rien.
– Ça fait rien, je veux rester.
– Poussez-vous, je peux pas filmer !
– Maman ! Je vois rien !
– Tu verras ça sur YouTube tout à l'heure si t'es sage !
– Regardez, ça y est déjà ! On voit mieux !
– On rate quand même une grande partie du spectacle, commente le punk. *Encore lui !*
– Vous êtes répugnant.
– Ah bon ? Vous croyez ? Et les autres alors ? Et vous ? Ce n'est pas l'accouchement de Marie-Antoinette tout de même.
– Marie-Antoinette ? C'est qui, celle-là ?
– Chut ! Les médecins sont là. On entend rien !

L'équipe médicale prend le relais. De longues et lourdes minutes haletées ou hurlées se succèdent lentement.

– Je vois la tête ! C'est presque fini, Madame. Poussez ! Encore un peu ! On y est !
– Oh derrière, poussez pas !

Un claquement soudain et énergique les fait tous sursauter. Des pleurs vigoureux éclatent. Un petit corps tout rouge gigote, soulevé par les pieds au-dessus du drap bleu. Des hourras ponctués d'applaudissements nourris retentissent.

– C'est une fille, commente une femme.
– C'est bien la première fois que je vois un accouchement dans le métro.
– Maman, elle est morte, la dame ?
– Mais non, chéri. Bien au contraire.

Un brancard, aussitôt déplié, accueille la toute nouvelle maman, qu'un urgentiste recouvre d'une couverture de survie.

De nouveaux applaudissements saluent le passage du nouveau-né, chaudement enveloppé dans un drap et qu'un médecin tient dans ses bras, tout à côté du brancard. Un jeune pompier serre la main de la maman et lui parle doucement. Estelle entrevoit un tout petit visage ridé, et le regard de la petite fille plonge dans le sien l'espace d'une demi-seconde ; comme si elle savait et comprenait.

– Vous trouvez pas que c'était fabuleux ?!

Non ! voudrait-elle rétorquer, se cramponnant à la colère pour ne pas s'effondrer. *Je suis en retard à cause de cette conne !*

Les commentaires vont bon train et personne ne semble pressé de reprendre le cours de sa vie.

- Faites voir votre film… Il est mieux réussi que le mien.
- Du haut de votre mètre quatre-vingt-dix, vous dominiez la situation.
- Je viens de le poster sur Facebook.
- Vous vous rendez compte de notre chance ? Avoir assisté à ÇA en direct !
- Vous croyez que la petite et sa maman vont bien ?
- Mais oui, bien sûr qu'elles vont bien.

Face à l'émotion et la joie palpables qui habitent ces témoins, Estelle ne ressent qu'une immense détresse. Impossible de bêtifier et de glousser devant cet événement trop communément qualifié d'heureux. Sa mémoire, cruelle, n'attendait qu'une occasion pour se réveiller et la torturer.

Pourquoi avait-il fallu que cette épreuve s'impose à elle et qu'elle demeure pétrifiée d'effroi, tétanisée par l'horreur de la naissance de sa propre fille ? Elle aurait tant voulu la tenir dans ses bras ne serait-ce qu'un instant. Mais les médecins avaient immédiatement emporté le minuscule cadavre.

Pendant que les spectateurs se dispersent enfin, le punk ne la lâche pas du regard.

- Vous êtes toute pâle. Faut vous remettre… Pourquoi vous pleurez ?
- Fichez-moi la paix, s'entend-elle répliquer dans un souffle.

Elle tourne les talons et, à moitié aveuglée par les larmes, fuit en direction d'une sortie, n'importe laquelle.

Elle parcourt sans les voir des couloirs interminables, monte et descend des escaliers, remarquant à peine les odeurs d'urine, les déchets qui débordent des poubelles et les longues traînées de moisissures sur les carrelages des murs. Haletante, elle suffoque. De l'air, il lui faut de l'air.

Elle émerge enfin devant la fontaine de la Victoire, et se laisse aller contre une rambarde. Comme vingt-cinq ans plus tôt, elle tente de ramasser les morceaux épars de sa vie. Elle s'appuie lourdement, le temps de maîtriser les tremblements convulsifs qui l'agitent. Elle efface rageusement quelques larmes attardées.

Sa montre indique dix heures trente ; indifférent et inexorable, le temps ne s'est pas arrêté. Elle sera en retard, mais arrivera largement pour la réunion de quatorze heures.

– Faut pas rester là. Vous allez être trempée.
– *C'est vrai, il bruine ; c'est rafraîchissant* ! pense-t-elle.

Planté devant elle, le punk l'observe. Encore ce dégénéré malsain… Il l'a suivie ? Que lui veut-il ?

– Vous allez où, comme ça ? Parce que, dans cet état, vous êtes mal barrée.
– Mêlez-vous de ce qui vous regarde.

Elle a été rudement secouée, mais les nausées et autres désagréments passeront. Après tout, elle a survécu à l'épreuve, elle a su vaincre l'assaut inopportun du passé. Il s'est plu à ressurgir, mais il ne réussira pas à l'abattre. Elle secoue la tête. Le punk s'est éloigné si vite qu'elle pourrait avoir rêvé sa présence. Il ne pleut plus. Le soleil perce et le macadam humide brille par endroits comme un miroir. Tout va bien maintenant. Les sons de la rue, le va-et-vient des passants plus ou moins pressés la rassurent, même les pigeons envahissants lui paraissent sympathiques. Elle les a toujours détestés, ils sont si sales. Amicaux, familiers, ils l'entourent et marchent tranquillement. Elle ne les avait jamais observés et s'étonne de les trouver tellement apaisants. Le monde pourrait bien s'écrouler qu'ils resteraient tout aussi sereins et concentrés sur leurs affaires.

Pour une fois qu'elle se risque dans le RER, elle s'en souviendra. Le trafic doit être redevenu normal. Mais pas question de redescendre dans cet épouvantable entrelacs de couloirs ; cette seule perspective la révulse.

Peut-elle trouver un autre moyen de transport ? Si elle se remet en route maintenant, elle arrivera encore à temps pour préparer son intervention devant le directeur. Fort heureusement, il ne lui reste plus qu'à imprimer le rapport d'étude ; ce qu'elle fera en personne. Aucun de ses collaborateurs, pas même son assistante, ne doit en prendre connaissance avant la présentation. Elle se méfie des fuites ; sa devise dans le monde de l'entreprise, comme partout ailleurs : moins on délègue, mieux on se porte.

Et si elle prenait un taxi ? Oui, c'est cela la solution. Confortable et rapide, exactement ce qu'il lui faut. Elle demandera une fiche et se fera rembourser.

Elle se dirige vers la station juste en face. Réfugiée dans ses réflexions professionnelles, elle dépasse en quelques secondes la longue file qui patiente près de la borne.

– Eh ! Si vous faisiez la queue, comme tout le monde ?

– Désolée ! bafouille-t-elle, prise au dépourvu. Vous attendez depuis longtemps ?
– À votre avis ?

En effet, une bonne quinzaine de clients patientent et la fusillent du regard.

Une femme entre deux âges, maigre chignon trop serré et lèvres pincées, daigne lui répondre.

– Il n'y a plus ni RER ni métro. La police nous a ordonné de sortir. Il y a eu un meurtre.

Une femme enceinte intervient :

– Quoi ! Mais qui est mort ?
– Une femme… j'en sais pas plus.
– On l'a tuée ? Mais pourquoi ?
– De nos jours, plus besoin de pourquoi.
– C'est atroce ! Qui l'a tuée ?

Tous parlent en même temps.

– C'est intolérable ces agressions. On se fait poignarder n'importe où de nos jours...
– Avec tous ces crans d'arrêt qui traînent, c'est pas étonnant.
– On a chopé l'assassin ? Et l'arme, on l'a retrouvée ?

Mais de quoi parlent-ils ? Un meurtre ? En plus de l'accouchement ? Impossible.

– Mais c'était pas un meurtre, ne peut-elle s'empêcher d'intervenir. J'y étais. C'était un acc...

Un homme la coupe vertement.

– Ne dites pas n'importe quoi.
– Mais je…
– Ne parlez pas sans savoir. En attendant, faites la queue, comme tout le monde !

Quelle impolitesse ! Elle se retient tout juste de lui retourner une bonne gifle.

– Calmez-vous ! C'est déjà suffisamment pénible ! s'interpose une voix éraillée.
– Mais qu'est-ce qu'ils fichent, ces taxis ? Trente minutes que j'attends.
– Et moi, je…

Un tumulte de cris indignés s'élève.

– C'est plus possible cette violence.

Un flot de protestations aiguës déferle.

– Tout ça, c'est de la faute au gouvernement.

L'exaspération monte et le pugilat menace. *Ils sont fous…* Prudente, Estelle commence à s'éloigner pour rejoindre le RER, elle n'a guère le choix et apparemment ce n'est pas le plus dangereux. Il n'est pas loin de midi et elle doit se presser.

Elle surmonte tant bien que mal son dégoût et parcourt en sens inverse les couloirs répugnants. Lorsqu'elle arrive enfin sur le quai, ses épaules s'affaissent devant la foule massée là.

Le trafic reprend lentement. Restez attentifs aux annonces.

– Je fais ce que je peux. Dès que je suis dans un train, je te préviens.
– Le RER est encore planté. Y a toujours un problème sur cette ligne.
– Oh ! Merde ! J'ai plus de batterie.
– Maman, elle est morte, la dame ?
– Je t'ai dit que non.
– Vous avez du réseau, vous ?

Elle devrait prévenir le bureau. Mais pourquoi n'y a-t-elle pas pensé plus tôt ? Elle ouvre son sac et entreprend de chercher son téléphone ; qu'elle ne trouve pas. Ses affaires, toujours parfaitement en ordre, sont toutes là : clefs dans une poche, répertoire et agenda dans une autre, portefeuille dans une troisième et enfin kleenex et trousse de maquillage. Mais point de téléphone.

L'aurait-elle oublié dans la cuisine ? Ou laissé dans la voiture ? Elle se maudit en silence. Son supérieur doit commencer à s'inquiéter. D'autant plus qu'elle se fait un honneur d'être toujours à l'heure, voire en avance pour contrôler les horaires de ses subalternes et relever systématiquement tout décalage, signe pour elle d'inconvenance et d'insubordination.

Quinze minutes plus tard, aucun RER n'est encore passé. Par contre, elle en a compté trois dans le sens opposé. Elle commence à paniquer. Son retard se confirme.

Il ne lui reste plus qu'à se rabattre sur la ligne 1.

D'autres ont manifestement la même intention et elle se dirige à leur suite vers le métro. Ce n'est que sur le quai qu'elle capte l'annonce, tout juste audible au milieu des grésillements :

En raison d'un dégagement de fumée dans un local technique, le trafic est suspendu sur la ligne 1 entre Châtelet et La Défense.
Restez attentifs aux annonces.
Veuillez nous excuser pour la gêne occasionnée.

Un homme lâche quelques jurons et se défoule dans un furieux coup de pied donné dans le mur le plus proche.

Bien sûr, tous espéraient, comme elle, avoir un métro faute de RER.

Déjà midi trente ! Si elle arrive au bureau d'ici une heure, elle pourra encore éviter la catastrophe. Il faut retourner vers la ligne A… Elle n'est pas la seule, loin s'en faut, à rebrousser chemin. Irrités, mais par la force des choses résignés, les usagers se sont déjà mis en marche. Certains courent, zigzaguent entre les divers obstacles, bousculent la cohue environnante au risque de causer un accident.

Treize heures.

Un train terminus La Défense arrive. Déjà plein. Les voyageurs qui descendent sont fort peu nombreux par rapport à ceux qui attendent de monter, et sont prêts pour cela aux pires extrémités. Poussée sans ménagement, Estelle se retrouve plaquée contre la porte du fond, le nez collé sur un imperméable d'une propreté douteuse et à l'odeur de rance. Les portes peinent à se refermer.

- Avancez dans les couloirs !
- Y a plus de couloirs !
- Mais poussez-vous bordel ! Faites de la place !

Sans cette réunion, elle serait bien capable de renoncer et de retourner chez elle. Elle ne s'est jamais sentie aussi impuissante, victime d'un enchaînement de désastres impossibles à maîtriser. Elle s'efforce de respirer posément pour endiguer son malaise. Deviendrait-elle claustrophobe ? Il y aurait de quoi.

Elle se promet de ne plus jamais prendre un RER et surtout pas la ligne A. Ce maudit train est lent… très lent… vraiment très très lent… *Seigneur, aidez-moi…*

Ainsi compressée, elle ne risque pas de tomber, même si, à force d'inconfort ses jambes se dérobaient. Son sac écrasé sur la hanche, les bras bloqués, elle se maintient en équilibre sur la pointe des pieds à la recherche d'un peu d'air et sent une sueur poisseuse couler dans son dos. Elle commence à sentir mauvais et se demande dans quel état elle se présentera devant les membres du Comité exécutif. On lui a donné une mission de confiance et elle n'a aucun droit à l'erreur.

Arrivée à La Défense, elle s'extirpe non sans mal de la voiture et se faufile dans la foule grouillante, à la fois survoltée et abattue. Appuyée contre une barre métallique à l'extrémité du quai, elle reprend son souffle. La correspondance direction Saint-Germain-en-Laye est annoncée dans une dizaine de minutes.

Treize heures vingt-cinq.

Le temps d'acheter un sandwich à la boulangerie en face de la gare et Estelle s'engouffre enfin dans le luxueux et imposant hall d'accueil de l'entreprise. Puis elle sort son badge et passe les portiques. Elle se jette dans l'ascenseur et écrase le bouton du sixième étage.

Hormis la jeune fille de la réception, à son grand soulagement, elle ne rencontre personne. La jolie blonde la salue poliment.

Depuis quelques mois, l'ambiance du service et de l'entreprise dans son ensemble s'est considérablement détériorée ; elle n'a pu s'empêcher de le noter, mais elle refuse de se laisser impacter par ce climat délétère. Rien ne doit entraver sa mission.

À pas silencieux sur l'épaisse moquette rouge, elle longe les murs gris pâle ponctués de vitres dépolies et s'arrête devant la porte de son bureau. Responsable des Ressources Humaines, indique la plaque à son nom. Elles sont quatre à occuper cette fonction, chacune en charge d'une Business Unit, sous les ordres d'un homme à quelques mois de la retraite.

La délocalisation partielle de l'activité en Inde justifie pleinement un licenciement de masse ; d'où le rapport que chacune a réalisé sur la synergie des compétences salariales, un titre ronflant pour la mise en place des modalités de départ de plusieurs dizaines de salariés dont les postes « en doublon » dérangent. Elle sera la dernière à présenter son étude.

Ce n'est pas à quasiment cinquante ans qu'elle va commencer à s'interroger sur le bien-fondé des décisions managériales ; et surtout pas après avoir obtenu ce poste à coups répétés d'une ambition forcenée. Au contraire d'une de ses collègues, beaucoup plus jeune et encore habitée par des idéaux humanistes, qui n'approuve vraiment pas le virage économique de la société et l'avidité financière de la holding.

La voilà justement qui jaillit de son bureau.

– Oh ! Bonjour ! Vous venez d'arriver ? J'ai essayé de vous joindre toute la matinée sur votre portable.

Une pause éclair et Julie enchaîne :

– La réunion est annulée. Le directeur est malade.
– Malade ? Mais le rapport… je… Elle est reportée à quand ?
– Personne ne le sait pour le moment. Nous avons reçu un mail… J'ai pris mon après-midi, il faut que je parte, enchaîne-t-elle tout de go. Oh ! Cécile est absente. Elle a une gastro. À demain !

La réunion est donc ajournée. Furieuse, elle se laisse tomber sur son fauteuil. Elle allume l'ordinateur, se trompe dans la saisie de son mot de passe, fait un effort de concentration avant de recommencer et consulte enfin ses mails.

Julie affronte une procédure de divorce. Estelle l'a entendue se confier à une amie l'autre jour à la cafétéria. Divorcer au bout de cinq ans de mariage, quel gâchis ! À la moindre alerte, les jeunes se séparent. Tandis qu'elle a durement lutté pour sauver son couple. Malgré la perte de son bébé, suivie par plusieurs grossesses non menées à terme, elle a su garder auprès d'elle l'homme qu'elle aimait.

Elle avait réagi et édicté des règles de survie : surtout, ne pas penser, ne plus penser ; s'enfouir dans le travail ; prendre des cours ; gravir les échelons à la force des poignets, ne serait-ce que pour se forger un but et remporter au moins une victoire, ne plus échouer, éviter coûte que coûte de tout perdre.

Mais ce matin, la vie d'une autre l'avait rattrapée et obligée à regarder en arrière.

Jamais elle n'en parlera à son mari. Il n'a pas besoin de savoir. Elle veut le protéger, lui épargner la souffrance qui l'a broyée. Elle ne sait même pas comment il a traversé sa propre peine. Sans doute mieux qu'elle puisqu'il n'a pas porté cette vie qui n'a pas eu le temps de s'épanouir, et ces autres vies à peine écloses.

Oui, ils sont restés ensemble. Mais les années et les habitudes de cette solitude à deux ont lentement creusé entre eux un ravin de silence.

Au fil des ans, tout véritable dialogue s'est tari, tel un fleuve à la source éteinte. Chaque soir, à peine son dîner avalé, il s'enferme dans son bureau, avant de rejoindre sa chambre. Ils ne se voient quasiment plus, ils ne font que se croiser poliment au détour des couloirs. Mais les « vieux » couples connaissent tous, chacun à leur façon, cette érosion d'eux-mêmes, au point de devenir des ombres découpées par un soleil absent, n'est-ce pas ? N'est-ce pas ? Bien sûr que si. Triste mais inévitable normalité des choses.

Elle mord enfin dans son sandwich, bien décidée à chasser la déprime qui menace encore de l'engloutir mais qu'à force de volonté, elle a toujours su garder à distance. Cette fois-ci, il en sera évidemment de même.

Et si elle s'octroyait quelques jours de congé ? Elle pourrait en profiter pour rendre visite à sa sœur, qu'elle n'a pas vue depuis plus d'un an. Et elle doit aussi faire réparer sa voiture. Deux jours devraient suffire. Davantage serait injustifié.

Elle entre sur le logiciel de gestion du temps sa demande d'absence jusqu'au mercredi inclus. Puis elle imprime le rapport. Elle profitera de ce temps libre pour le relire et éventuellement apporter quelques ajustements.

Enfin, elle se plonge dans les demandes de formation et la répartition du budget alloué pour l'année à venir.

Solitaire et studieux, l'après-midi s'écoule paisiblement.

Dix-sept heures trente : fatiguée et déterminée à tenir les vieux fantômes à distance, elle décide de rentrer.

II - LA MALADIE

*« Je crois que la plus grande maladie
dont souffre le monde aujourd'hui est le manque d'amour. »
Princesse Diana*

*Mardi
Huit heures trente*

Estelle se réveille, la tête lourde d'avoir trop peu et trop mal dormi, malgré le somnifère. Les membres douloureux et engourdis, elle peine à s'étirer et à sortir de ses rêves torturés. Elle se remet en position fœtale avec un gémissement sourd. Elle voudrait pouvoir tout oublier, instantanément. Pourquoi son mari l'a-t-il persécutée ainsi ? Elle ne pensait qu'à se retirer dans sa chambre le plus vite possible, oublier, ensevelir à jamais la scène du RER, cet accouchement dont les cris tournaient en boucle dans son esprit depuis son départ du bureau, au point de la rendre folle. Elle ressent encore ce regard posé avec acuité sur son malaise.

– Tu ne manges rien.

Elle a repoussé son assiette et s'est levée.

– Je n'ai pas faim. Bonne nuit.
– Tu as pris le RER ce matin.

C'est dit d'un ton neutre, trop neutre. Ce n'est pas une question. Elle serre les dents. Elle ne parlera de rien.

- Oui. Ma voiture est en panne. J'ai appelé le garage.
- Tu l'as vu.
- Non. Quelqu'un passera demain matin.
- Je me fiche de la voiture. Tu le sais très bien.

La tête baissée, épuisée par le combat intérieur qu'elle mène, elle espère qu'il va sortir et la laisser tranquille. Bien au contraire, il se campe devant elle.

- Je monte me coucher. Bonne nuit.
- Tu étais là-bas et tu l'as vu.
- Mais de quoi tu parles ?
- Un accouchement, voilà de quoi je parle.
- Et alors ? Et comment tu le sais ?
- Les réseaux sociaux, les médias, You Tube… Je t'ai vue sur une vidéo en ligne. On doit en parler.
- Il n'y a rien à dire.
- Si. Justement. Tu as une mine affreuse.
- J'ai besoin de dormir. Laisse-moi passer.

Pourquoi insiste-t-il ? Elle va bien, c'est juste un contrecoup. Elle a un sursaut de défense et relève les yeux.

- Nous devons en parler. Il le faut.
- Je monte me coucher.
- Non. Pas question.

- Mais qu'est-ce qui te prend ce soir ? Tu veux discuter, comme ça, tout d'un coup ? Nous en avons déjà parlé et je n'ai rien à ajouter. Laisse-moi sortir.
- Non, jamais nous n'en avons vraiment discuté. Tu n'as pas cessé de te défiler.
- C'EST PAS VRAI !!!

Elle commence à perdre le contrôle et c'est dangereux. Acculée, elle doit tenir bon et ne pas céder.

Elle s'efforce de respirer posément.

- Tout a été dit. Inutile de revenir dessus.
- Tu ne t'es jamais confiée à moi. Tout est de ma faute, moi aussi, j'ai fui.
- Je n'ai pas fui. J'avais rien à dire, c'est tout.
- J'ai vraiment eu mal quand j'ai vu ta détresse sur cette vidéo.
- MAIS QUELLE DÉTRESSE ? Arrête de m'emmerder !
- Non ! Je ne vais pas t'abandonner, pas cette fois.
- TU…
- Nous avons assez fui tous les deux, tu ne crois pas ?
- MERDE ! LAISSE-MOI PASSER !

Il est d'un calme effroyable. Elle ne le connaissait pas aussi obstiné, déterminé. Mais elle saura résister et se montrer aussi inébranlable que lui. Au prix d'un effort surhumain, elle avance d'un pas ; elle doit absolument sortir. Il ne l'en empêchera pas, elle est solide, elle a toujours été plus forte que lui. Elle ne doit pas se laisser gagner par la panique face à cette traque.

Tant pis ! Si c'est l'affrontement qu'il veut, il va l'avoir.

Alors, elle se jette sur lui, elle attaque à coups de poing ce mur d'entêtement acharné. Il lui bloque les bras et elle ne peut que gesticuler vainement pour tenter de lui échapper. Elle frise le ridicule et l'hystérie, la crise de nerfs menace, mais pas question qu'elle se laisse dominer et manipuler. Toute dignité délaissée, tout orgueil ravalé face à l'urgence d'échapper à sa chute, elle s'entend hurler son impuissance, sa frustration, sa colère.

Les sanglots montent, la déchirent et des larmes traîtresses jaillissent.

La bride a lâché. Elle n'a plus la force de cacher sa souffrance. Oui, elle a atrocement mal ; elle n'en a plus rien à faire de le montrer, de le crier, au risque de s'étouffer dans le flot de ses larmes.

Combien de temps a-t-elle sangloté, au bord de l'asphyxie et se tenant les côtes de douleur ? Elle se souvient vaguement que son mari l'a allongée sur le divan du salon, d'une serviette mouillée et froide sur le visage, d'un verre d'eau glacée bu avec avidité.

La conversation qui a suivi lui laisse dans la bouche un arrière-goût de bile cent fois ravalée. Toutes barrières vaincues et détruites, elle a avoué bien malgré elle son insupportable chagrin, son exil dans un monde d'émotions reniées comme ultime condition de survie.

Comment va-t-elle pouvoir continuer maintenant ? Tous ses repères ont explosé.

Garder la tête haute quoi qu'il en coûte, ne pas s'effondrer, c'est toute l'histoire de sa vie, le dictat d'une fierté érigée en orgueil. La scène de la veille a brisé cet orgueil et l'a anéantie. Elle se méprise pour sa faiblesse et son manque de maîtrise.

Ce matin, c'est la honte qui domine. Comment a-t-elle pu baisser sa garde à ce point-là ? Richard a eu ce qu'il voulait, il a réussi à la réduire en miettes. Il doit être bien content de lui. Comment va-t-elle gérer leur relation à présent ? Toute crédibilité ruinée, elle a définitivement perdu son ascendant sur lui.

Il est parti au travail discrètement, sans la réveiller. Fort heureusement, elle a quelques heures devant elle avant de devoir à nouveau l'affronter.

Estelle se souvient qu'elle s'était confusément promis de rendre visite à Sandra, sa petite sœur. En tout cas, après son long silence, un coup de fil s'impose ; peut-être suffira-t-il ? Non, elle doit absolument s'acquitter de cette visite qui n'a que trop tardé. Elle n'aime pas la pensée qui s'empare sournoisement de sa conscience et tente vainement de la rejeter. Le choc, la peur peuvent-ils justifier une telle attitude ? Elle s'était convaincue qu'elle avait raison de s'éloigner, qu'elle se devait de protéger Sandra de ses propres tourments et la laisser se rétablir entre son mari et ses enfants.

Voir Sandra à l'hôpital, plongée dans le coma, bardée de tuyaux et reliée à des machines, l'a terrorisée. De toutes ses forces, elle a refusé cette évidence, que sa petite sœur pouvait mourir, que si elle s'en sortait, il faudrait de longs mois de rééducation. Le pronostic médical ne laissait aucune place à l'espoir qu'elle pourrait recouvrer, même dans un avenir lointain, toutes ses fonctions motrices et mentales.

Aujourd'hui, elle n'a pas vraiment envie de constater de visu ce que la maladie a infligé à cette jolie femme de quarante-deux ans.

Elle est inexcusable, le remords l'inonde face à cette vérité qui s'impose. L'arrêt des traitements médicaux inutiles, voire dangereux, renoncer à avoir un enfant, puis son passage en mode « survie », son lourd investissement professionnel, ont en fait dissimulé égoïsme, fuite en avant et lâcheté ; soudaine et insoutenable évidence atroce à admettre.

Elle rampe hors du lit, bien décidée à agir. Elle tire les doubles rideaux. Sa voiture n'est plus là. Le garagiste a dû passer.

Le miroir de la salle de bains lui renvoie un visage gris de lassitude aux yeux pochés. Toilette faite, elle soigne particulièrement sa mise et son maquillage, afin d'effacer les traces de larmes qui semblent s'être incrustées.

Elle avale son café, debout devant le téléphone. Que va-t-elle trouver ? Elle sait que Sandra, au terme d'un long séjour en hôpital, puis en centre de rééducation fonctionnelle, est rentrée chez elle. Mais pas sûr qu'elle puisse ou veuille la recevoir. Sa sœur décroche en personne.

– Mais oui, viens, je serai contente de te voir, après tout ce temps.

Reproche voilé, certes, mais reproche quand même. Voix fatiguée, mais ironique. Ou se l'imagine-t-elle ?

Après un déjeuner léger, Estelle se dirige vers la gare, le ventre serré par l'appréhension.

RER A jusqu'à la gare de Lyon, puis ligne 14 jusqu'à Saint-Lazare, ensuite monter la rue d'Amsterdam jusqu'à la rue de Milan.

Fort heureusement, le trajet se déroule sans aucun problème.

Son doigt tremblant hésite au moment de sonner à l'interphone.

L'ascenseur la conduit au cinquième étage. Appuyée sur une canne, Sandra l'attend à la porte de l'appartement.

Elles se regardent, muettes de gêne réciproque.

- Je te demande pardon. J'aurais dû venir depuis longtemps.
- Mais tu ne voulais pas me déranger.

Rouge pivoine, elle ne trouve rien à répondre. Elle a bien mérité cette sortie, toutefois déconcertante de la part de Sandra.

- Entre ! Nous n'allons pas parler dans le couloir.
- Tu es seule ?
- Oui.
- Tu as l'air plutôt bien.
- Aussi. Oui. Et toi ?

Elles sont à présent assises l'une en face de l'autre dans la cuisine, dont un magnifique bouquet de fleurs des champs orne la table.

- Il est vraiment beau.
- C'est une amie qui me l'a offert.

Venue les mains vides, elle se le reproche aussitôt. Quelle gaffe ! Et son trouble ne l'excuse pas.

La conversation peine à s'installer. Silencieuse, Sandra ne fait rien pour l'aider et attend. *Mon Dieu, que c'est difficile…*

- Je te demande pardon, répète-t-elle.

Les mots se bousculent alors, dans une tentative de justification qui ne la trompe même pas.

- J'ai eu tellement peur quand je t'ai vue dans le coma, et ensuite, au début de la réadaptation, quand les médecins disaient que…
- Faut croire que les médecins avaient tort. C'est bien toi qui dis qu'avec de la volonté, on se sort de tout ?
- …
- Mais pour moi, tu n'y croyais pas.
- J'ai pas supporté de te voir comme ça. Tu avais besoin de moi et je… Merde ! J'ai été affreusement lâche…
- Tu souffrais et tu avais peur, voilà tout. Richard m'a expliqué bien des choses.
- Mon mari ? Comment ça ?

- Il prenait régulièrement des nouvelles. Il est même venu me voir plusieurs fois, que ce soit à l'hôpital ou après mon retour ici.
- Hein ?! Il ne me l'a pas dit. Il m'a juste informée de ton retour chez toi.
- Il m'a beaucoup parlé de toi, de vous deux. Tu allais mal, après l'arrêt du traitement. Tu t'efforçais de ne rien montrer, mais il le voyait. Il est vraiment intuitif, surtout quand il s'agit de toi. Lui aussi a été très malheureux, et te voir te renfermer et sombrer n'a rien arrangé.
- Je n'ai pas sombré.
- Il me disait que tu partais en vrille, que tu te consacrais à ton travail, que tu voulais absolument obtenir une promotion. Il pensait que tu t'accrochais à cette ambition pour éviter de penser.

Rage et stupéfaction l'envahissent, devant une telle mise à nu. Quelle humiliation ! Alors qu'elle se cramponnait de toutes ses forces à son objectif de victoire professionnelle, ces deux-là n'avaient pas hésité à la descendre en flammes. Elle se sent trahie, prête à partir en claquant la porte d'écœurement.

- C'est odieux ! Il a profité de toi et de ta faiblesse pour déblatérer sur mon dos.
- Ne te fâche pas. Il n'a pas « déblatéré », comme tu dis. Il avait besoin de se confier, voilà tout, et il a bien fait. De toute façon, toi, jamais tu ne m'aurais parlé avec cette lucidité et cette franchise.
- Il aurait pu la fermer ! Notre vie privée ne regarde personne.

- Je ne suis pas personne, je suis ta sœur. Ma pauvre chérie, arrête de vouloir tout contrôler et surtout toi-même. Vous avez un grand besoin de discuter de cœur à cœur tous les deux.
- Vous m'avez trompée. Tu comprends ? C'est de l'ingérence et un jugement parfaitement déplacé.
- Tu peux être sacrément pénible avec ton foutu orgueil tu sais.

Interloquée par ce ton cinglant, elle reste sans voix.

- Ne refuse pas notre affection et notre aide. Et excuse-moi. Je ne voulais pas m'immiscer dans ta vie. Mais tu as suffisamment souffert comme ça, non ? J'ai beaucoup pensé à toi et tu m'as terriblement manqué, enchaîne Sandra. Je n'ai pas osé t'appeler à mon retour. J'aurais peut-être dû.
- Non, c'était à moi de le faire, articule-t-elle, au comble de la confusion.
- Tu es là maintenant. C'est tout ce qui compte.

Sandra lui prend la main et ajoute doucement :

- Il t'aime, cet homme, profondément. Je n'avais aucune idée des dures épreuves que vous avez traversées. Il m'a fait comprendre le pourquoi de ton absence. Et j'ai cessé de t'en vouloir.

À son grand embarras et atterrée par cette réaction épidermique, elle commence alors à pleurer. Elle enrage d'imposer à sa sœur son chagrin mêlé de culpabilité, et de montrer un tel signe de faiblesse. Mais plus elle tente de les freiner, plus les sanglots redoublent. Au bout d'une éternité, consternée, elle se calme quelque peu.

L'origine de la crise du soir précédent lui apparaît clairement. Bien sûr, il avait bien fallu que quelqu'un insuffle à Richard cet acharnement à la déstabiliser. Sa propre sœur !

Mais doit-elle pour autant accabler Sandra et occasionner une dispute qui risquerait de les brouiller définitivement, alors que son mari est pleinement responsable ? Il est allé trop loin ; soi-disant pour l'aider, il n'a pas hésité à franchir les limites et à parler à tort et à travers. Un manipulateur doublé d'un sale goujat, voilà ce qu'elle pense de lui. Elle va le lui faire savoir le soir même. Quel salaud ! Il n'a même pas hésité à utiliser la pauvre Sandra, trop malade pour discerner la vérité dans ces manœuvres.

– Assez parlé de moi, coupe-t-elle précipitamment. Dis-moi plutôt comment tu vas. Tu as encore des soins ?

Sandra sourit, comme si tout cela n'avait aucune importance.

– Plus beaucoup. Mon état s'améliore de jour en jour. Je vais peut-être reprendre le travail prochainement.
– Et Bastien ?
– Mon mari a… comment dire ? pris le large. La maladie l'a toujours effrayé. Aux dernières nouvelles, il dirigeait un hôtel à Nice.
– Oh ! Je suis navrée.

- Il faut être lucide. Un simple rhume le met déjà dans tous ses états. Alors, un AVC, tu penses… Je crois que j'ai épousé une lavette.
- Il t'a abandonnée. Je suis navrée, répète-t-elle.
- Pourquoi ? Tu n'y es pour rien.
- *Non. Sauf que j'ai fait la même chose. Moi aussi, je suis une lavette* ! n'ose pas avouer Estelle. Et elle continue :
- Je m'en veux tellement…
- Arrête de culpabiliser. Ce qui est fait est fait.
- Vous allez divorcer ?
- Je ne sais pas. Au moins financièrement, il assure. Je ne manque de rien.
- Et les enfants ?
- Ils vont bien. Ils ont été bien plus présents que leur père.

Elles continuent ainsi à bavarder autour d'un thé qu'Estelle a préparé.

- Il est presque dix-sept heures. Je vais devoir partir.
- Les enfants ne vont pas tarder. Ils seraient contents de pouvoir t'embrasser.
- Je les verrai une autre fois.

Elle pose les tasses dans l'évier quand la sonnette de l'entrée retentit.

- Mon fils a encore dû oublier sa clé.
- Je vais lui ouvrir.

En quelques enjambées, Estelle traverse le couloir. La sécurité mise, elle déverrouille la porte.

Son beau-frère, pantelant et embarrassé par cette présence à laquelle il ne s'attendait manifestement pas, en reste coi.

– Tout va bien ? C'est qui ?
– C'est Bastien !
– HEIN ?

Le temps que Sandra arrive et elle a ouvert la porte, sans pour autant laisser le passage.

– Tiens donc ! Si je m'attendais…
– Je suis navré. Je te dérange…
– Que fais-tu là ? Qu'est-ce qui t'amène ?
– Je… Je suis à Paris, alors…
– T'aurais pu téléphoner.

Penaud, Bastien opine timidement.

– Je suis désolé.
– Tout le monde est désolé aujourd'hui.

Sandra ne cherche même pas à cacher sa contrariété.

– Je… Je peux repasser un autre jour… si tu préfères. Je ne veux pas m'imposer.
– Non. Pas la peine, réplique-t-elle sèchement. Puisque tu es là entre donc.

Toutefois, Sandra, qui prend appui sur le chambranle, ne semble pas pressée de laisser son mari franchir le seuil. Chargé d'électricité, l'air devient vite irrespirable.

– Il faut que je parte. Au revoir. Je t'appelle.
– C'est moi qui t'appelle.

Après un baiser rapide, Estelle récupère son sac et sa veste posés sur une console. Avant que la porte ne se referme derrière elle, elle a tout juste le temps d'entendre Bastien bafouiller en hâte, comme s'il craignait que sa femme ne lui claque le battant au visage :

– Je regrette. J'aurais pas dû partir comme ça. Je me suis comporté comme un sale con.
– Tu crois ?

Encore de simples excuses pour un comportement inacceptable. « Tout le monde est désolé aujourd'hui ». La répartie de sa sœur l'avait poignardée ; et, si Sandra lui avait pardonné, elle n'était sûrement pas disposée à oublier les manquements de Bastien. Sa sœur a changé, elle est devenue caustique, combative.

Elle réalise à quel point revoir Sandra l'a ébranlée. Celle-ci lui a tenu des propos auxquels elle ne s'attendait vraiment pas et qui l'ont d'autant plus choquée. Mais dans quel monde vivait-elle pour ne rien discerner des répercussions de son comportement ? La bulle qu'elle pensait étanche et qui était son univers se fissure peu à peu. Elle ne reconnaît plus son entourage, à supposer qu'elle l'ait seulement connu un jour. D'abord son mari, puis Sandra, tous les deux de connivence contre elle.

Elle a quelques comptes conjugaux à régler, mais ne peut s'empêcher de se demander quelle en est l'exacte justification. Malgré tout, son mari ne l'a pas quittée ; elle se l'avoue difficilement, mais elle a dû se montrer insupportable. Bénéficiait-elle vraiment de « circonstances atténuantes » ou se les invente-t-elle pour son petit confort personnel ?

L'ont-ils vraiment trahie ? Ne leur a-t-elle pas fourni les armes par son attitude si lointaine, si détachée ? Ils se sont inquiétés, et n'ont fait que s'unir pour tenter de trouver des issues.

Pour la troisième fois en deux jours, elle se sent honteuse, sans savoir comment reprendre la situation en main. Il lui faut bien le reconnaître : affronter son mari lui fait peur. Il est en position de force, et pas elle. Il vaut sans doute mieux remettre l'explication à plus tard, quand elle aura retrouvé son sang-froid. Les dés sont jetés, il est trop tard et elle en porte l'entière responsabilité même si elle répugne à l'admettre.

Ses pensées s'entrechoquent, son esprit s'embrouille et s'enfonce dans le brouillard. Elle ne se reconnaît pas dans toutes ces divagations. Elle se frotte les tempes pour chasser un début de migraine.

– Vous avez pas l'air bien.

La voix qui l'interpelle ainsi lui rappelle quelque chose. Sans façon, un punk s'assoit en face d'elle. Non. Pas un punk : LE punk. Il ne semble pas agressif, juste déphasé. N'empêche que cette présence récurrente a quelque chose de profondément dérangeant.

– Encore vous !

Il ne répond pas et se contente de lui sourire, avant d'avaler une gorgée de bière.

– Z' en voulez un coup ?
– NON !
– Z' avez tort, z' avez l'air d'en avoir besoin.
– Vous avez bu !
– Pas encore assez.

Soudain, il change de ton et même d'élocution.

– C'est ici que je descends. À demain.

Quelle plaie ! Elle espère bien ne jamais le revoir. Dire que ce genre de personnage la dégoûte serait un euphémisme.

III - LA VIEILLESSE

« La vieillesse devrait brûler et se déchaîner à la tombée du jour ;
Rager, rager contre la lumière qui meurt. »
Dylan Marlais Thomas
(Swansea 1914-New York 1953)

Son mari n'est pas encore rentré. Tant mieux. Elle va en profiter pour se composer une apparence et un visage parfaitement lisses.

Il arrive, mais il n'est pas seul. Elle ne connaît pas la voix qui lui répond. Debout dans l'escalier, elle tend l'oreille. Mais elle ne capte que des murmures indistincts.

Elle saisit la rampe et achève sa descente à pas feutrés. Qui a-t-il amené ? Elle se serait volontiers passée de cette visite. Jouer une fois de plus le rôle de la parfaite maîtresse de maison risque bien d'être la fois de trop.

Séduite par les manières surannées et élégantes de cet invité inattendu, Estelle note discrètement la qualité du costume gris clair, la pochette, la coupe impeccable de la chemise blanche, les chaussures italiennes, et surtout les mains soignées et l'impressionnante chevalière en or sertie d'une émeraude. Avec un naturel confondant, il s'est incliné devant elle pour un baisemain dans les règles de l'art.

– Madame, c'est un honneur…

En ce mercredi matin, elle se remémore avec une grimace la profonde désillusion qui a suivi.

Cet ancien professeur de Richard a de suite et très habilement orienté la conversation vers son principal centre d'intérêt, sans même concevoir que les principes du droit constitutionnel et la philosophie appliqués aux concepts politico-économiques en sociologie ne passionnaient que lui, et qu'il était un des seuls (peut-être même le seul) à y comprendre quelque chose.

Au bout de deux heures de cours magistral, excédée, elle a décidé de mettre un terme à cette logorrhée et de tordre le cou aux règles élémentaires de la politesse. Pétrifié de consternation, Richard s'efforçait désespérément de faire bonne figure, mais s'ennuyait profondément, c'était tellement évident qu'elle en aurait presque éclaté d'un rire nerveux.

— Je vous demande pardon. Puis-je dire un mot ?

Rengorgé d'autosatisfaction, en admiration devant la pertinence de son analyse, plongé dans le vide abyssin de son esprit farci de connaissances fumeuses, absorbé par l'écoute ébahie de son auditoire assurément subjugué (comment pourrait-il en être autrement ?), et jusque-là obstinément et forcément sourd aux tentatives répétées de ses hôtes pour le ramener à des sujets moins pseudo-intellectuels, plus abordables ou simplement compréhensibles, le professeur, abasourdi et offensé par ce manque de respect dû à son rang et sa culture, s'est interrompu au milieu d'une de ces phrases d'une longueur invraisemblable dont il avait le secret, un peu à l'image de celle-ci.

– Désolée de vous couper. Mais il déjà vingt-deux heures et nous devons nous lever à l'aube.
– Oh ! Vous êtes sûrs ? C'est vraiment dommage, je vais devoir m'interrompre sans être allé au bout de mon développement.

Le reproche ne lui a pas échappé.

Tant mieux !

– Le temps a passé tellement vite. Je vous laisse ma carte. Appelez-moi, nous pourrons terminer cet échange passionnant.

Échange ? Quel échange ?

Dix minutes plus tard, contrariée d'avoir dû virer cet importun, mais soulagée, Estelle n'a pas la moindre intention de présenter des excuses. Au bout de quelques instants de silence, Richard soupire profondément et lâche :

– C'est atroce. Je gardais le souvenir d'un homme enthousiaste, intelligent et attentif aux questions de ses élèves. Je regrette de l'avoir revu. Jamais je n'aurais dû l'inviter. Merci d'avoir réagi. Je ne savais pas comment m'en débarrasser.
– Ou plutôt tu n'osais pas, rectifie-t-elle. Mais j'ai dû me montrer sacrément impolie. Il cache bien son jeu. Comment un homme aussi raffiné peut-il se révéler aussi assommant ? Tu veux sa carte ? Il me l'a donnée.
– J'ai sacrément aimé ton impolitesse.

Elle ne peut retenir un sourire.

– Tu as bien fait. Vraiment. J'étais sur le point d'exploser. Donne-moi cette carte, je vais adorer la déchirer. Si nous prenions un remontant bien corsé ?
– Puisque l'apéritif est servi, autant en profiter, acquiesce-t-elle. Porto, whisky, Martini ? Il n'a touché à rien.
– Il était bien trop occupé à parler pour ne rien dire.

Un verre et quelques amuse-gueules plus tard :

– Tu l'as eu combien de temps ?
– Deux ans. Il avait ses marottes, bien sûr, comme tout le monde, mais là c'est devenu obsessionnel. Ce n'est plus qu'un vieux radoteur imbu de sa personne. Les dégâts de l'âge sans doute, ajoute-t-il après un instant de réflexion. La vieillesse est un véritable naufrage, comme l'a si bien dit… je ne sais plus qui, mais tous les bateaux ne coulent pas de la même façon. Dans son cas je t'assure que c'est une véritable tragédie.

Mélancolique, il ajoute lourdement :

– Tu n'y penses jamais, toi ?
– À quoi ?
– Vieillir… comment on va vieillir.
– Non. Je crois que non. Enfin si, peut-être un peu.

Elle ajoute aussitôt :

- J'ai encore quelques années de répit. Je n'ai que quarante-six ans après tout.
- Il doit bien en avoir quatre-vingts. Comment serons-nous à cet âge-là ?

En proie à de noires pensées, il se plonge dans la contemplation de son verre vide et enlève ses lunettes avant de se frotter les yeux. La mèche qui lui tombe sur le front, l'épaisse chevelure bouclée poivre et sel et un début de barbe lui vont bien. Contrairement à tant d'autres, son mari ne souffre pas de calvitie. Et l'âge ne lui a rien enlevé de son charme, bien au contraire. Prise de nostalgie, émue par la fragilité qui se dégage de lui, elle éprouve soudain une forte envie de le serrer dans ses bras et de l'embrasser. Elle se persuade que ce serait une initiative malvenue et particulièrement déplacée, et doit faire un effort surhumain pour ne pas bouger.

Il relève les yeux et sourit brusquement en remettant ses lunettes. Elle chavire devant ce regard bleu dont elle avait oublié la lumière. Misère ! Cet homme est trop irrésistible. Elle s'efforce de camoufler la brusque faiblesse qui l'envahit.

- J'ai faim. Rien de tel qu'un bon repas pour échapper à l'accablement. Tu viens ? Ne sois pas si triste. Tu n'as que quarante-six ans, après tout.
- Je ne suis pas triste, moi aussi j'ai faim. J'arrive dans quelques minutes.

Juste Ciel ! Mais que lui arrive-t-il ? Elle doit absolument se maîtriser ou elle va se comporter comme la gamine de vingt ans éperdument amoureuse qu'elle a été. Avec lui justement ; son premier amour, son premier amant et le seul.

Elle s'oblige à contrôler sa respiration pour évacuer cet émoi aussi malencontreux qu'insidieux avant de se lever péniblement et de le suivre.

Elle ne lui a pas menti, elle a faim. Elle se jure *in petto* qu'elle saura se dominer et ne succombera pas à la tentation.

Il donnerait tout au monde pour prendre cette femme dans ses bras, et lui dire simplement qu'il l'aime, comme dans leur jeunesse, comme avant qu'elle ne s'égare dans la souffrance de ses désirs insatisfaits. Mais elle ne comprendrait sans doute pas et le rejetterait certainement. Il va devoir être patient. Il saura attendre le temps qu'il faudra.

Lorsqu'ils montent se coucher, chacun dans sa chambre, elle referme doucement sa porte sur laquelle elle pose son front brûlant. Tout va bien, elle a sauvegardé ce qui lui reste de dignité et n'a pas cédé à ses pulsions.

Cette conversation aurait pu facilement tourner à la dispute ; il aurait été facile de profiter du désarroi de Richard pour lui reprocher d'avoir amené ce vieil emmerdeur et lui asséner ensuite sa rage suite aux révélations fracassantes de Sandra. Mais non. Elle avait apprécié leur complicité retrouvée grâce, tout compte fait, à *ce vieux con*, jusqu'à ce désir fulgurant qui s'était emparé d'elle.

Le souvenir de ses rêves érotiques, voire pornographiques, dont sa peau vibre encore, lui arrache un cri de frustration ; elle saute brusquement du lit et se précipite sous la douche pour calmer ses sens en fusion. Richard a quitté la maison tôt, comme à son habitude. Elle a la journée devant elle pour retrouver ses esprits.

L'idée s'impose d'elle-même : elle va consacrer son mercredi à se promener dans Paris. Quel quartier choisir ? Ou quel parc ? Ou quel musée ? Comme il fait beau, autant rester dehors et marcher, marcher… encore marcher. Elle prépare rapidement son itinéraire, s'habille décontractée et chausse ses baskets.

RER A jusqu'à Auber. Puis aller jusqu'à Opéra, puis descendre l'avenue vers le Palais-Royal et traverser la rue de Rivoli, puis la cour du Louvre, puis la Seine par le pont du Carrousel, remonter la rue des Saints-Pères, puis tourner à gauche vers Saint-Germain-des-Prés, et puis…

Le programme est ambitieux, mais cette longue promenade sera parfaite et lui permettra sans doute d'effacer le souvenir éprouvant de la soirée. Elle apprécie déjà ce retour aux longues balades solitaires de sa jeunesse.

Elle s'accorde un répit sur le pont du Carrousel et, appuyée au parapet, se perd dans les eaux miroitantes de la Seine. Elle savoure cet instant privilégié où les bruits de la ville se dissolvent dans la légèreté du vent. Envahie de bien-être, suspendue entre ciel et terre, elle laisse ses pensées vagabonder à leur gré, bercées par le fleuve. Tous ses muscles se relâchent devant la vue époustouflante que lui offre la ville, elle absorbe dans la plus petite de ses cellules l'atmosphère si particulière de Paris. Sa vue se brouille, des souvenirs heureux recouvrent des images douloureuses. Des larmes paisibles glissent sur ses mains et s'évaporent sous la brise.

Oui, elle pleure encore, mais cette fois, ce n'est que du bonheur. Enseveli sous tant d'années d'habitudes, de quotidien bien balisé, son amour pour Richard refait surface, aussi intense qu'aux premiers jours.

Elle repense au divorce de sa collègue. Elle ne veut pas en arriver là. Il n'est peut-être pas trop tard. Elle doit jeter son orgueil aux orties, arrêter de batailler pour sauvegarder sa dignité. Quelle dignité d'ailleurs ? N'est-ce pas plutôt cette exigence forcenée qu'elle s'impose à elle-même et aux autres qu'elle nomme « dignité » ?

Sous la brûlure de ses sentiments, une lucidité inouïe l'embrase. Sandra, qui a gagné une dure bataille contre la paralysie et la mort, lui a sans doute montré le véritable courage, à ne pas confondre avec son obstination égoïste et dangereuse. Elle ne reprochera rien à son mari. Au contraire, elle lui demandera pardon, lui dira qu'elle l'aime, lui dira que...

– C'est incroyable ! Tu es bien Estelle, je ne me trompe pas ?

Elle sursaute violemment et tourne vers la voix un regard embrouillé et lointain. Elle s'essuie les yeux d'un revers de manches et farfouille dans ses poches à la recherche d'un mouchoir.

– Tu vas bien ? Je peux t'aider ?
– Désolée, renifle-t-elle. *Mais qui est-ce ?*
– Tu ne me reconnais pas ? Paule Vessler. J'étais une amie de ta maman. Moi, je t'ai tout de suite reconnue. Tu vas bien ?
– Paule ? Mais ça fait des années...

Bien sûr qu'elle se souvient de Paule. Mais là, elle a clairement une urgence et ne peut pas s'attarder ; elle ne pense qu'à rentrer chez elle le plus rapidement possible.

C'est décidé, ce soir, elle parlera à Richard. Sans faux-fuyants, cette fois. Elle a tellement peur de le perdre. Il faut qu'elle prépare la soirée qui l'attend, et elle va mettre toutes les chances de son côté. Mais pourquoi s'est-elle donc retenue de l'embrasser ? Qu'avait-elle encore besoin de se dominer ? Alors qu'il fallait au contraire s'abandonner à la spontanéité de ses vingt ans. Elle n'est qu'une idiote !

Elle secoue la tête plusieurs fois et parvient à articuler faiblement :

– Il faut que j'y aille. C'est important.

Elle se sent terriblement gênée et lamentable. Paule aurait-elle déménagé sur Paris ? *Pitié… pas ça…*

– Pourquoi tu pleures ?
– Je dois vous laisser. J'ai une urgence.
– Attends une minute… Tu es bien pressée. Je ne vais pas t'abandonner dans cet état. Tu es bouleversée. Je connais une brasserie sympathique pas loin. Je t'invite à déjeuner.
– Merci, mais je dois y aller. C'est important.
– Sans doute. Mais tu dois manger quelque chose. Rien de tel qu'un bon repas. Allez, viens…
– Mais je…
– Viens, je te dis.

Paule n'a pas changé. Toujours aussi autoritaire, elle prend sa main et l'entraîne. Piégée, elle se laisse conduire. Après tout, se restaurer avant de reprendre le métro ne lui fera pas de mal. Elle a encore quelques heures devant elle et s'en voudrait de froisser cette vieille connaissance et de se comporter avec un manque total de savoir-vivre. Toutefois, si Paule s'attend à des confidences, elle va être déçue.

Elle regarde cette femme distinguée, discrètement maquillée, à la chevelure blanche ramenée en chignon, vêtue avec une simplicité trompeuse.

Non, Paule n'a pas déménagé. Elle vit toujours à Privas et rend visite à sa fille qui s'est installée en banlieue parisienne. Elles prennent connaissance de la carte et le silence s'installe, bientôt interrompu.

– Parle-moi de toi. Que deviens-tu ?
– Oh ! Rien de spécial.
– Pourquoi pleurais-tu ? Je peux peut-être t'aider. Ce n'est certainement pas un hasard si je suis passée sur ce pont précisément à ce moment-là, si nous nous sommes revues après plus de vingt ans.

Directe, indiscrète, elle insiste :

– Je peux t'aider, j'en suis certaine.
– Tout va bien, je vous assure.
– C'est mon devoir et je ne te laisserai pas avant d'être pleinement rassurée.
– Rassurée ?
– J'ai craint que tu ne fasses une bêtise tout à l'heure.

Agacée, elle secoue la tête. Quelle bêtise ? Elle est plus vivante que jamais, et entend bien le rester. Elle n'a pas la moindre envie de se confier à cette femme. Elle se souvient encore de certaines ingérences affectives particulièrement déplacées. Paule appartient à un monde révolu, et c'est tant mieux.

– Aucun risque.

La vieille dame darde sur elle un regard inquisiteur.

– Pour moi, ce sera une assiette campagnarde. Et pour toi ?

Elle s'en fiche.

– Pareil. Vous n'avez aucune raison de vous inquiéter, je vous assure.
– Tu ne veux rien me dire ? Tu n'as pas confiance, c'est ça ?
– Vous savez, je ne suis plus une petite fille.
– Tu parles comme mes enfants. Ils disent que je me mêle de ce qui ne me regarde pas. Mais je suis leur mère. Ce n'est pas de l'intrusion, c'est juste que si je peux leur éviter de souffrir… Tu peux comprendre, toi, ta maman est partie si tôt. Et à qui peut-on parler librement, sinon à une mère ?

Paule, la voix chevrotante, baisse le nez sur son assiette.

L'a-t-elle peinée ? Confuse, elle marmonne :

– Je ne veux pas vous embêter avec mes histoires, voilà tout.

– Oui… Oui. Après tout, tu n'es pas ma fille, même si je me suis beaucoup occupée de toi pendant ton enfance. Je comprends que tu ne veuilles rien dire. Ce sont tes affaires, et elles ne regardent que toi. Mais j'ai été tellement contente de te revoir. Je me suis égarée…
– Ce n'est rien. Moi aussi, je suis contente de vous revoir. Si nous mangions ? Cette salade a l'air délicieuse.

Un silence plein de sous-entendus s'installe. Un quart d'heure plus tard :

– Tu mourrais de faim.
– Oui, je me sens mieux maintenant.
– Et tu n'aimes toujours pas les olives.
– Vous vous souvenez de ça ?

Paule sourit :

– Je me souviens de tellement de choses…

Elle voudrait bien partir tout de suite, mais ne sait pas comment s'y prendre. Les souvenirs qui affluent ne font rien pour l'aider. Elle respire à nouveau le parfum des gaufres couvertes de crème Chantilly. Elle sent encore la douce chaleur des chats assoupis sur ses genoux.

– Je vous revois en train de nous lire des histoires sous le marronnier. Je me rappelle aussi ces chats que vous aviez recueillis.
– Tu aimais leur parler.

– Oui. Ils comprenaient bien des choses. *Et au moins, ils ne posaient pas sans cesse des tonnes de questions.*
– Et tu penses que je ne comprendrais pas ?

Décidément, Paule s'obstine… Comment parvenir à s'échapper ? Se livrer, juste un peu, pourrait peut-être la satisfaire. Sans doute ne se reverront-elles jamais.

– Mon mari, avoue-t-elle alors. Je lui ai fait du mal.

Alors, étonnée de l'apaisement qu'elle éprouve à se confier, elle raconte : son bébé mort-né, sa bataille perdue, ses rêves détruits, ses aléas professionnels, son égoïsme, sa lâcheté devant la maladie de sa sœur. Elle en dit bien plus qu'elle ne l'aurait souhaité. Elle va au bout de cette libération qui s'offre à elle.

Lorsqu'elle se tait enfin, Paule, qui ne l'a pas interrompue une seule fois, murmure :

– Ma pauvre chérie ! Il est évident que Richard t'aime. Sans quoi, il t'aurait quittée depuis longtemps.

Elle demeure bouche bée devant ce verdict brutal, mais dont le côté rassurant la conforte dans ses décisions.

– Ne fais pas cette tête. Tout au fond de toi, tu sais que j'ai raison. Je comprends pourquoi tu étais si pressée de rentrer chez toi. Réagis, ma fille. Et au diable les soi-disant convenances. C'est bien ta décision, n'est-ce pas ?

Saisie d'un doute, Estelle se mord la lèvre.

― Et s'il se moque de moi, s'il me rejette ?
― Là, c'est ton orgueil qui parle. Ne l'écoute pas, ne l'érige plus comme protection entre la vie et toi. Une seule chose importe : prouver à cet homme que tu l'aimes. Tu prends un dessert ? enchaîne la vieille dame, montrant par là que, pour elle tout du moins, la question est réglée.
― Une tarte aux abricots peut-être…
― La même chose pour moi.
― Vous prendrez un café ensuite ? demande la serveuse.
― Moi oui.
― Deux cafés, s'il vous plaît. Merci.
― Je ne veux pas perdre Richard.
― Alors, fais ce qu'il faut ; ton bonheur ne dépend que de toi.
― C'est ce que vous reprochiez à maman, n'est-ce pas ? Cet orgueil ? Vous étiez sa meilleure amie, mais vos disputes pouvaient être terribles.
― Oh ! Je crois que c'est ce qu'elle appréciait chez moi ; je ne craignais pas de l'affronter. Ta maman voulait tout contrôler, tout plier à sa volonté. Tu lui ressembles. Il est grand temps d'arrêter les dégâts, tu ne penses pas ? L'addition, s'il vous plaît ! Laisse, je t'invite… et ne proteste pas.
― Merci. Merci pour tout. J'avais besoin de parler, reconnaît-elle. Vous êtes toujours aussi directe.
― Ce n'est pas le moment de faire des manières. File retrouver ton mari.

Paule pose quelques billets sur la table et se lève.

– Ma chérie, je repars dans quelques jours. Je te laisse mon numéro à Privas. Donne des nouvelles de temps en temps, ça me fera plaisir. Rentre chez toi maintenant. Tu as une soirée importante à préparer.

Elles s'étreignent chaleureusement puis Estelle part sans se retourner, résolue et débordante de gratitude pour la vieille dame, reprendre le métro station Palais-Royal.

De son côté, Paule, exténuée, appelle un taxi. Il lui reste tout juste une heure avant son rendez-vous à l'Institut Curie.

Il n'est pas tout à fait quinze heures. Si tout va bien, elle sera rentrée pour seize heures trente. Elle observe la publicité sur le quai d'en face et se distrait à décoder le message véhiculé par le mannequin très mince qui brandit fièrement un bébé joufflu. Tout dans ces photos plus ou moins truquées est étudié pour créer le besoin et les envies, puis l'urgence de les satisfaire. Ce monde ne serait-il qu'une gigantesque foire aux illusions ?

Le métro arrive. Elle s'assoit sur un strapontin, et toute à ses pensées, laisse son regard errer dans le vide.

Elle ne voit pas le jeune homme qui, assis derrière elle, l'observe tout en buvant un coca. Il passe devant elle pour descendre à Châtelet et le pantalon de cuir noir et râpé attire son attention. Elle sursaute.

– Vous me suivez ou quoi ?
– Sûrement pas, répond le punk. Mais je savais que nous nous reverrions. À demain sur la ligne A.

Elle en reste pantoise. Le lendemain, elle retournera au bureau et reprendra le RER jusqu'à Rueil-Malmaison. Comment le sait-il ? C'est étrange, elle le croise sans cesse. Il lui fait peur.

IV - LA MORT

« La cause de la mort n'est pas la maladie, mais la naissance. »
Dicton bouddhiste

Jeudi
Cinq heures trente

Tenaillée par de sinistres pensées, Estelle n'a pas dormi de la nuit. Au petit matin, exsangue, tout son corps noué de courbatures, un goût de fiel dans la bouche, elle sait maintenant qu'elle ne parlera pas à son mari et ne risquera pas le face à face avec une vérité bien trop terrible pour être seulement envisagée. Prise d'une frayeur démesurée, elle a reculé devant cet avenir inconnu et menaçant qui se profilait. Ses résolutions lui sont apparues d'une naïveté risible. Il allait se moquer d'elle, la juger. En toute logique, il ne pouvait que la repousser. Il n'attendait qu'une occasion pour l'accabler de pitié et de mépris. Elle ne tombera pas dans le ridicule.

Pourtant, un seul aveu aurait suffi. Mais cet aveu ô combien difficile lui demandait un courage et une foi qu'elle ne possédait pas. Pourrait-il vraiment lui permettre de tout recommencer, d'abdiquer, d'effacer à jamais cette femme qu'elle était devenue et qu'elle redoutait et détestait à la fois ? Prisonnière de ses questionnements, elle s'était réfugiée dans un douloureux et tenace silence.

Consciente de se dissimuler derrière des voiles devenus trop fragiles, elle préfère continuer à s'agripper au vent glacé qu'est devenue sa vie. « Il t'aime. » Comment pourrait-elle y croire ? Elle n'est pas dupe une seconde de ce que Paule a confondu avec de l'amour et se doit à tout prix de rester lucide. Pas question, à son âge, de remettre en cause tout ce chemin de vie construit à force d'endurance. Inconcevable, déplacé, et même sordide, à quarante-six ans, de se jeter sur cet homme, et d'exprimer par les gestes insensés d'un amour désespéré et condamné ce que des mots trop pauvres ne pourraient pas traduire.

Je vais oublier ces trois jours, et les fissures qui ont été faites à mon âme. Je ne peux pas m'abandonner comme cela, et lâcher tous les garde-fous que j'ai mis si longtemps à ériger.

Et si, malgré tout, il lui avait ouvert les bras ? Trop tard, jamais elle ne saura.

Dis-moi que tu comprends, que tu pardonnes, que tu m'aimes encore un peu.

Lorsque, après un bonsoir hésitant, il s'est détourné et a monté l'escalier, elle est restée figée sur sa chaise, s'interdisant le moindre mouvement, de crainte qu'il ne dégénère. La marche du milieu a grincé plus fort que jamais en un crissement provocant, comme un écho à sa détresse. L'a-t-il entendue ? L'un comme l'autre ont depuis longtemps pris l'habitude de ne pas appuyer au centre. Mais, hier soir, il n'y a pas pensé. Quand elle est montée, un délai raisonnable plus tard, elle a, à son tour, oublié cette marche, dont le craquement résonne encore dans tout son corps.

Il n'est pas levé. Elle va en profiter pour se préparer rapidement et se sauver. Plus tôt elle prendra ce maudit RER, mieux ce sera. Cette fois, le trajet se déroulera sans accroc, du moins veut-elle s'en convaincre. Quand arrivera l'heure de rentrer, elle se sera reprise et il sera bien temps d'aviser.

En raison d'un mouvement social sur la ligne A, le trafic est fortement perturbé. Restez attentif aux annonces.

Il n'est pas sept heures, mais beaucoup trop de voyageurs encombrent déjà le quai. Forcément.

– Il paraît qu'un conducteur a été agressé.

Les trains bondés, les usagers d'humeur massacrante, arriver au bureau en retard, elle connaît. Déjà éreintée par cette nuit blanche, elle sent arriver la catastrophe. Mais comment font-ils, tous ces gens qui prennent cette fichue ligne tous les jours ? Et si sa voiture n'est pas prête samedi, comme promis ? Pourra-t-elle revivre ce cauchemar un jour de plus ? Elle va craquer, c'est sûr.

Le quai se remplit inexorablement. Huit heures approchent. Et toujours aucun train.

En raison d'un colis suspect à la gare de Lyon, le trafic sur la ligne A est totalement interrompu...

– Faudrait savoir... C'est une grève ou un colis suspect ?

Appeler un taxi ne résoudrait rien. Il resterait bloqué dans les embouteillages de l'heure de pointe.

Elle s'apprête à renoncer et retourner chez elle quand une annonce la stoppe dans son élan. Un RER est annoncé, terminus La Défense, dans une dizaine de minutes. Que faire ? Elle hésite, l'œil rivé sur sa montre, oscille entre impatience et résignation, incapable de déterminer ce qui serait le mieux. Son manque d'initiative l'énerve et l'effraie.

La fatigue et le stress en sont probablement responsables, mais elle ne se reconnaît plus. Bien malgré elle et incapable de stopper le film, elle se repasse en boucle les événements des derniers jours. Déstabilisée, elle refuse pourtant de se laisser impressionner et tente tant bien que mal de se raccrocher aux miettes de son quotidien et de sa volonté. Bien sûr, elle a beaucoup pleuré, elle a remis ses choix en cause, nombre de ses décisions lui sont apparues comme de gigantesques erreurs. Mais l'inattendu, aussi bouleversant qu'il puisse être, se gère et une personnalité aussi forte que la sienne sait parfaitement maîtriser les aléas de la vie.

Le train arrive. Il est pris d'assaut. Elle s'agrippe avec férocité à une barre d'appui et parvient à grand-peine à se hisser à bord. Bousculée, poussée sans ménagement, elle se retrouve plaquée contre la porte d'en face, le nez collé contre un blouson tâché et râpé et à l'odeur âcre. Les portes peinent à se refermer. Le signal sonore évoque une sirène d'alarme.

– Reculez au fond ! Avancez dans les couloirs !
– Poussez-vous ! Faites de la place !

Merde ! Une forte sensation de déjà-vécu s'insinue jusqu'au fond de ses tripes.

Oh ! Non ! Elle connaît ce blouson, et distingue vaguement sur la nuque rasée le haut d'un tatouage alambiqué. Encore cet abominable punk poisseux. Apparemment, il ne l'a pas vue, ce qui la soulage et la rassure quelque peu.

Ainsi compressée, elle ne risque pas de tomber, même si elle fait un malaise. Son sac aplati sur le ventre, bloquée de tous côtés, elle tente, sur la pointe des pieds, de trouver un peu d'air et sent la sueur dégouliner entre ses épaules. Folle, elle est devenue folle : comment a-t-elle pu s'obstiner et monter dans cette rame ? Voyager dans ces conditions jusqu'à la Défense relève de l'impossible. Jamais elle n'arrivera saine et sauve. Engloutie derrière une nuée de corps tordus dans des positions improbables pour garder un semblant d'équilibre, elle se tortille pour reposer ses pieds, baisse la tête pour s'épargner les odeurs insupportables qui l'assaillent.

Des idiomes et des accents divers et variés bourdonnent et accompagnent les sursauts grinçants du train. Un couple qui se chamaille lui porte sur les nerfs. Un bébé hurle, bientôt suivi par d'autres. Combien y-a-t-il d'enfants qui se sont donné le mot pour lui vriller les tympans ? C'est l'enfer, juste l'Enfer. Elle maudit sa précipitation, elle aurait mieux fait de repartir chez elle et de repousser son retour au bureau au lundi suivant.

Au fur et à mesure des gares, des mouvements de foule la broient un peu plus. D'autres usagers continuent de monter, au mépris de toute sagesse. Ce trajet n'en finit pas.

— Ouvrez les fenêtres ! On étouffe !

> *En raison d'un incident technique, ce train aura son terminus à Châtelet.*
>
> *Ce train ne prend plus de voyageurs. Tout le monde descend.*

Il faut encore s'extraire de cette foule compacte, éviter autant que faire se peut la bousculade et la violence, mais se frayer un chemin parmi cette multitude bruissante de mécontentement relève de l'exploit. Prise de sueurs froides, jambes flageolantes, elle traverse péniblement le quai et prend enfin appui contre un mur. Elle s'oblige à apaiser sa respiration et tente de calmer ses nerfs surmenés. Elle est bien décidée à attendre ici le premier RER décent dans lequel elle pourra monter et s'asseoir ; elle se fiche éperdument du temps que cela prendra. Nom d'un chien ! Cette ligne est-elle toujours aussi merdique ? Les retards répétés de certains salariés ne lui paraissent plus aussi injustifiables.

*La RATP vous remercie de votre confiance
et vous souhaite une excellente journée.*

– La RATP ne manque pas d'humour.
– Mais c'est pas de l'humour, c'est juste qu'ils se foutent de notre gueule.
– Je voudrais bien savoir à quoi servent tous les travaux qu'ils font sur cette ligne.

Si la plupart des usagers expriment vertement leur contrariété, quelques autres, philosophes, préfèrent en rire.

En proie à un début d'autoflagellation, elle fixe une tache gluante sur le sol poussiéreux. Nul doute qu'après les récriminations dont elle a abreuvé ses collègues, elle représente pour eux l'archétype de la chef parfaitement odieuse. Elle ne pensait qu'à assumer correctement ses fonctions, mais si c'est une explication, ce n'est certainement pas une excuse. Elle est ignoble, elle est lâche, elle est égoïste… trop d'années qu'elle se laisse dominer et manipuler par un ego monstrueux tout en étant persuadée qu'elle ne se laissera jamais asservir par quoi ou qui que ce soit.

Elle devrait leur présenter des excuses, faire « amende honorable » comme on dit. À moins qu'elle ne laisse courir et se contente de ne plus les persécuter.

Le pas lourd de son mari montant l'escalier la veille au soir lui martèle les tempes avec la régularité d'un métronome. Comment a-t-elle pu s'abuser à ce point-là, croire en cet amour et se raccrocher aux échardes de ses incertitudes ? Richard ne supporte plus l'accablement et la froideur qu'elle lui impose depuis des années, il ne LA supporte plus ; il va partir, c'est évident. Ce soir, il ne sera plus là et ce sera de sa faute, de sa faute à elle.

En proie à une violente colère contre elle-même, elle suffoque sous une douleur lancinante. Elle aurait pu, elle pouvait arrêter ce naufrage ; il aurait suffi de bien peu pour empêcher sa vie de sombrer. Mais, bien sûr, elle n'a rien fait. Maintenant, il est trop tard, trop tard.

Des gens vont et viennent, accrochés à des valises, des sacs, des cartables, qui ne sont que des vies en tranches ou des destins en boîte. Des silhouettes pathétiques tassées au pied des murs mendient, des escalators grimpent vers les correspondances ou les sorties pendant que d'autres glissent vers le monde souterrain. Un condensé de vies, entre tunnels et quais, d'êtres qui se croisent sans jamais se rencontrer, dans un quotidien qui n'appartient qu'à chacune de ces ombres.

Ils errent, anonymes, à la poursuite d'un but qu'ils sont seuls à voir, enfermés dans un univers réduit à leurs seules préoccupations. S'ils étaient conscients du SDF recroquevillé sous un semblant de couverture contre les murs suintant d'humidité, ils ne prendraient pas place sur les sièges incrustés de poussière, pour lire, pour manger, pour téléphoner, pour bavarder ou plaisanter.

Poussée par une volonté venue du plus profond de son inconscient, elle fait un pas, puis un autre. Complice indifférente, la foule docile s'écarte devant elle.

Elle avance tel un automate et s'approche du quai.

Reste là. Ne va pas plus loin.

Sourde à elle-même et absente au monde, elle continue.

Le train qui entre en gare lui apparaît flou et étrangement silencieux. Elle regarde autour d'elle. Elle est à présent totalement isolée sur un quai désert. Ils sont tous partis, ils l'ont abandonnée. Elle est seule face à ses errements et ses illusions. Elle ne reconnaît plus rien, ne voit que le néant qui se profile devant elle.

– Hé ! Stop ! Vous allez où comme ça ? Madame, vous m'entendez ?

Oui, elle entend. Elle ignore l'appel et fait un pas de plus. Il lui reste si peu à franchir…

Un bras autoritaire et vigoureux l'empoigne, la force à reculer.

– Attendez ! Je vais vous aider. Laissez-nous passer, madame. Elle voulait sauter, c'est ça ? Je m'apprêtais à intervenir, vous avez été plus rapide.
– Merci monsieur. Elle est en état de choc, répond le punk.

L'homme d'une quarantaine d'années, en costume-cravate et porteur d'un attaché-case, ajoute :

– Elle m'a fait une de ces peurs !

Sans façon, il confie sa mallette au punk et soulève Estelle dans ses bras.

– Je la porte jusqu'aux sièges.
– Il faut appeler les secours.

Un agent de la RATP se matérialise soudain.

– Les pompiers arrivent !
– Madame ! Madame ! Vous m'entendez ?

Oui, elle entend. Mais pourquoi a-t-elle si froid ? Elle claque des dents et grelotte sous des frissons compulsifs. Hormis les échardes de glace qui la transpercent, elle ne ressent rien. Un vide immense l'habite. Elle ne sait pas comment ni quoi répondre aux questions des agents de la RATP et des pompiers. Le punk et l'autre homme donnent leurs identités et leurs témoignages. Consciente, mais sans réflexes, elle est prestement allongée sur un brancard.

– Vous l'emmenez où ?
– À Nanterre. Vous connaissez des proches à contacter ?
– Non.
– L'hôpital s'en chargera. Merci messieurs.

Après un regard indéchiffrable, le punk recule et se perd dans un espace étranger. Son effrayante silhouette s'éloigne et se dissout entre les murs. Elle ferme les yeux ; elle voudrait tellement devenir une ombre.

– Quelque chose ne va pas ?

Le coup de fil est arrivé à la fin de la réunion. Hébété, Richard considère tour à tour les quelques collègues inquiets qui l'entourent.

– C'est ma femme. … elle a eu un accident. Elle est à l'hôpital de Nanterre. Je dois y aller, tout de suite.
– Bien sûr. Juste, tenez-nous au courant.
– Oui, oui, bien sûr.

Une heure plus tard, Richard gare sa voiture sur le parking. Sandra est-elle arrivée avant lui ? Il n'a que très peu d'informations. Il sait qu'Estelle est physiquement indemne, mais les médecins ne l'ont pas rassuré pour autant.

Il franchit l'entrée avec une appréhension sourde et se présente à l'accueil. À partir de cet instant, il ne gardera aucun souvenir précis de ce qui va suivre : comment il est arrivé au service Psychiatrie, Sandra qui le serre dans ses bras, un interne qui annonce une tentative de suicide. « Mais votre femme ne semblait pas consciente de ses actes, d'après le témoignage du jeune homme qui est intervenu… elle ne réagit pas lorsque nous lui parlons… nous sommes en présence d'un choc émotionnel post-traumatique extrêmement grave… Nous avons besoin de vous pour identifier le stress qui est à l'origine de ce choc. Nous l'avons emmenée pour un scanner et nous devrons la traiter pour les conséquences physiques éventuelles, qui peuvent s'avérer très sérieuses dans certains cas... »

– Estelle va mourir, je ne me le pardonnerai jamais.

Dans un état second, Richard remplit les formulaires d'hospitalisation.

– Tu ne peux pas rester seul. Installe-toi à la maison pour quelque temps.

Sandra pose sur son bras une main tremblante, mais déterminée.

– Je dois veiller sur elle, je vais prendre quelques jours.
– Richard, nous allons avoir besoin l'un de l'autre pour surmonter ça. Et Estelle va avoir besoin de nous deux.

Il opine lentement. Sandra a raison. Tout seul, il n'aura pas la force d'affronter son quotidien dévasté. Sa vie s'était silencieusement fissurée année après année, et il n'avait rien voulu voir.

– C'est de ma faute. Mais comment j'ai pu foirer à ce point ? Je voulais juste l'aider.

Aurait-il parlé à voix haute ? Sans doute.

– Hé ! Ne te reproche rien...
– Estelle va mourir. Et c'est moi qui l'ai tuée.
– Non. Sûrement pas. Tôt ou tard, Estelle aurait craqué.

Sandra le regarde droit dans les yeux.

- Je sais de quoi je parle, je l'ai vécu. Moi aussi je me suis caché certaines vérités. Mais il arrive un moment où…

Sa voix se brise avant de se raffermir.

- Elle est vivante Richard. Nous allons la tirer de là. Nous deux, ensemble…

Incapable de parler, la gorge serrée d'angoisse et de sanglots, il serre Sandra dans ses bras.

Pardon, Estelle, je t'aime trop et ne savais plus comment te le dire.

ÉPILOGUE

*Un an plus tard
Montpellier*

Le temps s'est figé. Pourtant, les secondes, les minutes, puis les heures interminables, les journées, les semaines, les mois enfin ont passé.

Après plusieurs semaines d'hospitalisation et un long séjour en maison de repos, de retour chez elle, Estelle n'a jamais repris son travail. Elle a démissionné et Richard a obtenu sa mutation à Montpellier pour septembre. La vente de leur maison et le déménagement se sont rapidement enchaînés. Fin août, provisoirement installés dans un meublé de location, ils commencent leur nouvelle vie.

Estelle a quitté la région parisienne avec un sentiment d'urgence et sans aucun regret. Elle ne se perdra plus dans une vie trépidante qui n'a rien d'une existence.

Toujours sous traitement, elle sait que sa reconstruction n'est pas terminée. Elle sait aussi combien la sérénité qui l'habite face à ce renouveau est fragile, qu'elle doit l'entretenir et la fortifier jour après jour.

Elle pense quelquefois au punk qui lui a sauvé la vie. En cet instant paisible, assise en terrasse devant un thé, elle le remercie encore de son intervention et regrette de ne jamais l'avoir revu pour le lui dire. Qu'est-il devenu ? Hante-t-il encore le RER A ? Elle ne le saura jamais.

Elle paie sa consommation et se lève. Elle n'a pas encore exploré toutes les ravissantes ruelles bordées de boutiques aux vitrines alléchantes et a envie de flâner. En fin d'après-midi, Richard la rejoindra et ils continueront leur enquête immobilière. Puis peut-être iront-ils dîner en bord de mer.

Appuyé contre un réverbère, un homme jeune et brun que sans doute elle ne reconnaîtrait pas, la regarde s'éloigner d'un pas tranquille et esquisse un sourire apaisé.

Un autre lieu et d'autres temps…

« Vos souffrances sont terminées, vous avez accompli tout ce qui devait l'être. »
Sûtra du Lotus. Chapitre VII – La parabole de la cité illusoire

FIN

PROLOGUE 7
I - LA NAISSANCE 9
II - LA MALADIE 29
III - LA VIEILLESSE 45
IV - LA MORT 61
ÉPILOGUE 73

©Élisa DUROCQ
Éditeur : BoD – Books on Demand

12/14 rond-point des Champs Élysées, 75008 Paris
Impression : BoD – Book on Demand, Allemagne

ISBN : 9782322114276
Dépôt légal : janvier 2017